Collection de M. D... *Dussol de Cette*

TABLEAUX MODERNES

IMPRIMÉ PAR PILLET ET DUMOULIN

RUE DES GRANDS-AUGUSTINS, 5, A PARIS.

CATALOGUE

DES

TABLEAUX

MODERNES

COMPOSANT LA COLLECTION DE M. D... [Dussol, de Cette]

DONT LA VENTE AURA LIEU A PÀRIS

HOTEL DROUOT, SALLES N°ˢ 8 ET 9

Le Lundi 17 Mars 1884

A deux heures.

COMMISSAIRE-PRISEUR	EXPERT
Mᵉ **PAUL CHEVALLIER**	**M. GEORGES PETIT**
10, rue de la Grange-Batelière, 10.	12, rue Godot-de-Mauroy, 12.

Chez lesquels se trouve le présent Catalogue.

EXPOSITIONS { PARTICULIÈRE. Le Samedi 15 Mars 1884,
{ PUBLIQUE. Le Dimanche 16 Mars 1884,

De une heure à cinq heures.

CONDITIONS DE LA VENTE

La vente sera faite au comptant.

Les acquéreurs payeront *cinq pour cent* en sus des enchères applicables aux frais.

Paris. — Typ. Pillet et Dumoulin, 5, rue des Grands-Augustins.

DÉSIGNATION

BALLAVOINE

1 — *Le Bouquet de campagne.*

Haut., 65 cent.; larg., 44 cent.

BARILLOT

2 — *Les abords de la Ferme.*

Haut., 28 cent.; larg., 45 cent.

BARILLOT

3 — *Les étangs de Saint-Paul (Ain).*

Haut., 25 cent.; larg., 29 cent.

BARON

4 — *Au bord du Lignon.*

Haut., 29 cent.; larg., 24 cent.

BEAUVERIE

5 — *Ramasseuses de pois à Auvers.*

Haut., 46 cent.; larg , 80 cent.

BELLANGER (Camille)

6 — *Une Bacchante.*

Elle est assise au pied d'un arbre ; le buste renversé, elle frappe sur un tambourin en souriant à une statue de faune enguirlandé de lierre.

Exposé au salon de 1877.

Haut., 1.44 cent.; larg., 98 cent.

BELLÉE (Léonde)

7 — *La plage à Grandcamp.*

Haut., 25 cent.; larg., 38 cent.

BERCHÈRE

8 — *Bords du Nil.*

Une caravane a fait halte au bord du fleuve; les chameaux se reposent à l'ombre d'un bouquet d'arbres, tandis que les Arabes renouvellent leur provision d'eau pour continuer la route.

Haut., 45 cent.; larg., 36 cent.

BERCHÈRE

9 — *Un marché à Smyrne.*

A gauche, au pied d'une mosquée, en plein soleil sont installés des marchands d'étoffes et de fruits. Sur la droite, la rue fait un coude et va se perdre dans les sinuosités de la ville.

Haut., 55 cent.; larg., 35 cent.

BERTRAND (James)

10 — *Tête de Femme.*

Haut., 48 cent.; larg., 40 cent.

BONNAT

11 — *Jeune Italienne*.

Elle est assise sur un tertre et tient sur son genou un vase en cuivre rouge.

Gravé par Toussaint.

Haut., 38 cent.; larg., 29 cent.

BRILLOUIN

12 — *Italienne*.

Haut., 31 cent.; larg., 24 cent.

BRUCK-LAJOS

13 — *Seigneur Louis XIII*.

Haut., 52 cent.; larg., 38 cent.

BRUCK-LAJOS

14 — *Laveuse*.

Haut., 65 cent.; larg., 45 cent.

BRUCK-LAJOS

15 — *Les Anes.*

Deux petites paysannes vont conduire leurs ânes aux champs. La plus jeune tient dans son tablier des fleurs qu'elle donne à manger au plus petit des deux ânes.

Haut., 65 cent.; larg., 85 cent.

BRUCK-LAJOS

16 — *Dans les Champs.*

Haut., 55 cent.; larg., 29 cent.

BRUCK-LAJOS

17 — *Jeune Seigneur.*

Haut., 21 cent.; larg., 15 cent.

CAZIN (Jean-Charles)

18 — *Les Chaumes.*

Composition des plus simples : quelques cabanes couvertes de chaume telles qu'on les voit dans tous les villages, un champ de sainfoin et un pommier au milieu d'un terrain labouré ; le tout éclairé en plein soleil sous un ciel bleu où flottent seulement deux ou trois nuages légers.

Gravé par l'artiste.

Haut., 72 cent.; larg., 56 cent.

CHAPLIN

19 — *Jeune Fille à la colombe.*

Haut., 62 cent.; larg., 42 cent

CHENU-FLEURY

20 — *Paysage.*

Haut., 26 cent.; larg., 40 cent

COMTE (P.-C.)

21 — *La partie d'échecs.*

Deux joueurs sont attablés devant une vaste cheminée dans un intérieur Henri II. Sur la gauche, une jeune femme debout les observe.

Haut., 45 cent.; larg., 55 cent.

COROT

22 — *Les Baigneuses.*

Une des baigneuses s'est approchée du ruisseau et se regarde dans l'eau transparente avant de s'y plonger; plus loin, ses compagnes abritées par le bois touffu retirent leurs vêtements dans l'herbe. Le soleil pénètre discrètement sous un véritable dôme de verdure et éclaire çà et là les mille fleurettes qui émaillent et embaument le bois.

Gravé par Damman.

Haut., 1.5o cent.; larg., 8o cent.

COROT

23 — Jeune Fille à la mandoline.

Elle est vêtue d'un costume d'Italienne, les cheveux tombant sur les épaules; assise sur un tertre au milieu d'un bois, elle joue de la mandoline.

Daté 1870.

Haut., 50 cent.; larg., 60 cent.

COROT

24 — Saint-Sébastien, étude.

Haut., 51 cent.; larg., 33 cent.

COURBET

25 — Isaure en bacchante.

Elle tient dans les bras un chevreau qui broute les feuilles de lierre qui s'échappent de sa couronne.

Haut., 73 cent.; larg., 58 cent.

COURBET

26 — *Jeune femme.*

Elle est vue à mi-corps, vêtue d'un corsage blanc rayé de noir. Les cheveux dénoués, elle appuie la tête sur sa main droite.

Daté 1862.

Haut., 60 cent.; larg., 76 cent.

COURBET

27 — *Vue d'Ornans.*

Un ruisseau d'eau vive descend des coteaux couverts de verdure et vient tomber en cascade. Deux bouquets d'arbres au feuillage jaunissant complètent la composition de ce site pittoresque.

Haut., 52 cent.; larg., 70 cent.

COURBET

28 — *Les Saules.*

Une grande prairie coupée par un petit ruisseau bordé de saules, telle est la composition du tableau.

A figuré sous le nº 64 à l'exposition des œuvres de Courbet en 1882 à l'école des Beaux-Arts.

Haut., 86 cent.; larg., 1.15 cent.

COURBET

29 — *Marine.*

Au premier plan, une barque de pêche est échouée au milieu des rochers; au loin, la mer calme va se confondre avec l'horizon.

Haut., 63 cent.; larg., 8o cent.

COURBET

3o — *Remise aux Chevreuils, effet de neige.*

Haut., 56 cent.; larg., 73 cent.

COUTURE

3i — *Avant la Toilette.*

Tête de femme.

Haut., 5o cent.; larg., 43 cent.

DAUBIGNY

32 — *Le pré des Graves, à Villerville (Calvados)*.

La lune vient de se lever; son disque argenté monte dans le ciel et brille à travers les grands arbres qui bordent l'enclos. Un troupeau de vaches est disséminé dans un grand pré coupé çà et là de larges et profondes crevasses.

Exposé au salon de 1878,

Gravé par Delauney.

Haut., 86 cent.; larg., 1.35 cent.

DAUBIGNY

33 — *Vallée de l'Arque, près Dieppe*.

La prairie est traversée par un ruisseau d'eau vive au bord duquel se trouve une laveuse; sur la droite, un troupeau de vaches paît à l'ombre de grands arbres qui se détachent sur un ciel bleu parsemé de nuages.

Une grande impression de fraîcheur est répandue dans tout le tableau.

Daté 1877.

Gravé par Salmon.

Haut., 67 cent.; larg., 36 cent.

DAUBIGNY

34 — *Les Roches noires.*

La mer, en se retirant, a mis à sec une masse énorme de rochers couverts de varech. Un rayon de soleil traverse les nuages et répand au loin une traînée de lumière sur une partie de la mer et sur le coin de terre que l'on aperçoit sur la droite.

Haut., 60 cent.; larg., 1 m.

DAUBIGNY

35 — *Environs de Cauterets.*

Resserré entre deux montagnes, le Gave se divise en deux bras et contourne une sorte d'îlot rocailleux où quelques sapins ont pris racine. Dans le fond, la crête des montagnes se découpe sur un ciel clair.

Tableau provenant de la vente après décès de l'artiste.

Haut., 95 cent.; larg., 1.30 cent.

DAUBIGNY

36 — *Bateau sur l'Oise, étude.*

Haut., 18 cent.; larg., 33 cen'.

DELACROIX (Eugène)

37 — *Mort de Sénèque.*

Des esclaves le soulèvent et le tiennent dans leurs bras.
Etude pour l'un des pendentifs de la bibliothèque de la
Chambre des députés.
Vente Arosa.

Haut., 26 cent.; larg., 20 cent.

DELACROIX (Eugène)

38 — *Le départ pour le Sabbat, étude.*

Haut., 3o cent.; larg., 4o cent.

DIAZ

39 — *Sous bois.*

Au milieu d'un sentier à peine battu, passe une bûche-
ronne portant un fagot; le soleil se fait jour à travers le
feuillage d'automne et éclaire le sol couvert de bruyères et
d'herbes desséchées.
Daté 1858.

Haut., 54 cent.; larg., 44 cent.

DIAZ

40 — *Nymphe et Amour.*

Elle est assise sur une roche au milieu d'un bois; vêtue d'une jupe rose, elle semble écouter les conseils de l'Amour qui se penche vers elle.

Haut., 21 cent.; larg., 16 cent.

DIAZ

41 — *La pêche à la ligne.*

Une jeune femme en costume de japonaise pêche à la ligne au bord d'un ruisseau. Elle est debout, adossée à un talus; à ses pieds est déposé un bocal de poissons rouges et derrière elle se tient un enfant tenant un parasol.

Haut., 54 cent.; larg., 34 cent.

DIAZ

42 — *Une partie de campagne.*

Haut., 24 cent.; larg., 30 cent.

DIAZ

43 — *La mare.*

Quelques bouquets d'arbres ombragent une petite mare, au bord de laquelle se trouve une laveuse; la plaine,

au loin, est traversée par un rayon de soleil et va se confondre avec le ciel

> Haut., 20 cent.; larg., 29 cent.

DIAZ

44 — *Etude de paysage.*

Provenant de la vente après décès de l'artiste.

> Haut., 31 cent.; larg., 41 cent.

DUPRÉ (JULES)

45 — *Saulaie.*

Des saules ombragent les bords d'un cours d'eau qui
baigne un pâturage où l'on distingue dans le lointain quelques vaches couchées; un jeune garçon pêche à la ligne.

Ciel d'été chargé de nuages laiteux d'une grande finesse
de ton.

Collection Jules van Praet.
Galerie J. Wilson.

Gravé par Daumont.

> Haut., 21 cent.; larg., 26 cent.

*

DUPRÉ (Jules)

46 — *Soleil couchant.*

Les nuages qui courent dans le ciel sont empourprés des rayons du soleil couchant ; la route, les chaumières, les bouquets d'arbres disséminés çà et là dans la rue du village, tout est imprégné de sa lumière dorée.

Gravé par Mongin.

Haut., 24 cent.; larg., 40 cent.

FEYEN-PERRIN

47 — *Pêcheuse cancalaise.*

Haut., 72 cent.; larg., 50 cent.

FICHEL

48 — *Intérieur de taverne.*

Composition d'une douzaine de figures.

Haut., 31 cent.; larg., 41 cent.

GEGERFELDT (DE)

49 — *Vue de Venise.*

Daté 1880.

Haut., 33 cent.; larg., 54 cent.

GILBERT

5o — *Le Rêve.*

Haut., 55 cent.; larg., 44 cent.

GUILLEMET

5i — *Falaise d'Etretat.*

Au pied des falaises s'étend le rivage où les pêcheurs
ont fait sécher leurs filets. A droite, apparaît un coin de la
mer.

Haut., 53 cent.; larg., 70 cent.

GUILLEMET

52 — *Une route près de la Marne.*

La route est bordée d'arbres et aboutit en ligne droite
aux maisonnettes que l'on aperçoit près de la rivière.

Haut., 55 cent.; larg., 37 cent..

GUILLEMIN

53 — *La Pie voleuse.*

Haut., 36 cent.; larg., 25 cent.

HÉBERT

54 — *Italiennes à la Fontaine.*

Au pied d'un monument d'architecture romaine, sont
dispersées des laveuses occupées à puiser de l'eau, à laver
et à étendre leur linge. A gauche, on aperçoit la campagne
et le ciel bleu.

Haut., 34 cent.; larg., 25 cent.

ISABEY

55 — *Un Naufrage.*

La tempête éclate dans toute sa force; de gros nuages sombres parcourent le ciel à toute vitesse. Une barque désemparée, dans laquelle se trouvent encore quelques malheureux naufragés, vient d'être jetée par l'ouragan au milieu des récifs qui bordent la côte.

Daté 1876.

Haut., 58 cent.; larg., 90 cent.

ISABEY

56 — *Entrée d'un malade à l'hôpital de Honfleur.*

Le malade est étendu sur une civière, entouré d'hommes et de femmes qui se pressent autour de lui. Les sœurs de charité sortent de l'hôpital pour lui prêter secours. Sur la droite, deux cavaliers se sont arrêtés et une dame conduite par un seigneur s'approche du blessé. Le fond du tableau représente la construction pittoresque de l'hôpital.

Daté 1878.

Haut., 55 cent.; larg., 44 cent.

JACQUE (CHARLES)

57 — *Les Chênes du haras aux environs de Pau.*

Un troupeau de moutons gardé par une jeune paysanne sort du bois et vient s'abreuver à une petite mare sous la surveillance d'un chien. A droite apparaissent le ciel et la campagne.

Haut., 95 cent.; larg., 1,10 cent.

JACQUE (CHARLES)

58 — *Bergerie.*

Poules et moutons sont enfermés dans une bergerie dans laquelle pénètre le soleil.

Haut., 36 cent.; larg., 55 cent.

JEANNIN (GEORGES)

59 — *Le Gâteau de Savoie.*

Autour du gâteau sont jetés pêle-mêle, raisins, poires et pêches.

Haut. 65 cent.; larg., 79 cent.

JEANNIN (Georges)

60 — *Corbeille de Fleurs.*

> Haut., 57 cent ; larg., 70 cent.

JEANNIN (Georges)

61 — *Fleurs et Fruits.*

> Haut., 65 cent.; larg., 88 cent.

JEANNIN

62 — *Pêches et Raisins.*

> Haut., 21 cent.; larg., 25 cent.

LANSYER

63 — *Ruines de Pierrefonds.*

> Haut., 40 cent.; larg., 25 cent.

LAURENS (Jean-Paul)

64 — *Le Guet-apens.*

Des hommes armés, que Thierry Ier avait cachés derrière un rideau, devaient, à un signal donné, se jeter sur Clotaire et le frapper de leurs glaives. Celui-ci vint au rendez-vous; mais comme le rideau trop court ne descendait pas jusqu'à terre, le roi de Soissons aperçut de loin les pieds des soldats et il ne consentit à entrer qu'avec une escorte.

Histoire de France, par J.-A. Courgeon.

Deuxième période (les Mérovingiens), page 5o.

Haut., 57 cent ; larg., 46 cent.

LAURENS (Jean-Paul)

65 — *Lucrèce Borgia.*

Alexandre VI avait donné à sa fille la surintendance du gouvernement de l'Église. C'était Lucrèce qui assistait à l'ouverture des lettres, à l'expédition des affaires.

D'après Buchard.

Haut., 6o cent.; larg., 46 cent.

LAURENS (J.-P.)

66 — *Etude d'Evéque.*

Haut., 40 cent.; larg., 25 cent.

LAURENS (Jules-Joseph-Augustin)

67 — *Lac et Forteresse de Van (Arménie).*

Exposé au salon de 1876.

Haut., 82 cent.; larg., 1.22 cent.

LECLAIRE

68 — *Tulipes.*

Haut., 20 cent.; larg, 25 cent.

LECLAIRE

69 — *Roses.*

Haut., 45 cent.; larg., 65 cent.

LEFÈVRE (JULES)

70 — *Graziella.*

Le croissant de la lune commence à se montrer dans le ciel; assise au sommet d'un rocher qui domine la mer, elle abandonne sa navette et ses filets pour se livrer à ses rêves.

Haut., 45 cent.; larg., 25 cen.

LUMINAIS

71 — *Gaulois à cheval.*

Arrêté près d'une mare, il fait boire ses chiens.

Haut., 34 cent.; larg., 25 cent.

LUMINAIS

72 — *Gaulois à la chasse.*

Haut , 53 cent.; larg., 47 cent.

LUMINAIS

73 — *Tête de Gauloise.*

> Haut., 18 cent.; larg., 14 cent

MARILHAT

74 — *Vue de Thiers.*
Étude très ancienne du peintre.

> ¡Haut., 40 cent.; larg., 55 cent.

MARTIN

75 — *Cuisinier.*

> Haut , 55 cent.; larg., 44 cent.

MARTIN

76 — *Intérieur oriental.*

> Haut., 60 cent ; larg., 51 cent.

NEUVILLE (DE)

77 — *Le Garde-Côte.*

Debout sur un rocher qui domine la mer, il est enveloppé dans un grand manteau et sonne de la trompe.

Haut., 92 cent.; larg., 58 cent.

NEUVILLE (DE)

78 — *Bataille de San Angelo.*

Garibaldi, à la tête de ses volontaires, enlève la position de San Angelo où les royaux défenseurs de Capoue avaient établi leurs avant-postes.

Épisode de la campagne de Garibaldi dans le royaume de Naples (sept. 1860).

Haut., 2.70 cent.; larg.; 4.80 cent.

PAAL (DE)

79 — *Un coin de la forét près Barbizon.*

Haut., 50 cent.; larg., 60 cent.

PASINI

80 — *Chasse au Faucon.*

Les cavaliers se sont arrêtés au bord d'un lac et lancent leurs faucons au milieu d'un vol d'oiseaux.
Tableau clair et lumineux daté 1880.

Haut., 31 cent.; larg., 42 cent.

PERRACHON

81 — *Bouquet de roses dans un vase d'étain.*

Haut., 55 cent.; larg., 44 cent.

PERRET (Aimé)

82 — *Femme de la Bresse.*

Haut., 39 cent.; larg., 30 cent.

PERRET (Aimé)

83 — *Jeune femme à l'éventail.*

Haut., 27 cent., larg., 20 cent.

POKITONOW

84 — *Paysage de la Petite-Russie.*

Une cabane de bûcheron couverte de chaume occupe le centre du tableau; sur la droite, trois petits paysans couchés sur l'herbe se reposent au soleil.

Haut., 10 cent.; larg., 15 cent.

ROYBET

85 — *Partie de cartes.*

Deux joueurs, les cartes en main, sont assis devant une table recouverte d'un tapis persan; un troisième personnage, debout, le verre en main, observe la partie.

Gravé par Duvivier.

Haut., 44 cent.; larg., 52 cent.

ROYBET

86 — *Partie d'échecs.*

Les joueurs sont attablés dans un intérieur Henri II. Tous deux interrompent la partie pour recevoir un nouvel arrivant.

Haut., 24 cent.; larg., 38 cent.

ROYBET

87 — *Un Buveur.*

Il est assis devant une table recouverte d'un tapis persan sur lequel sont déposés des fruits et des flacons. Le verre en main, il se renverse sur sa chaise et entonne une chanson.

Haut., 60 cent.; larg., 42 cent.

ROYBET

88 — *L'Odalisque.*

Au milieu d'un intérieur oriental, une jeune femme est étendue sur un divan, et occupe ses loisirs à regarder les bijoux qui sont devant elle.

Haut., 89 cent.; larg., 1.18 cent.

ROYBET

89 — *L'Algérienne.*

Revêtue d'un costume de gaze légère, elle est coiffée d'un foulard rouge et d'une parure orientale.

Haut., 60 cent.; larg., 38 cent.

ROYBET

90 — Retour d'une partie de campagne.

Haut., 24 cent.; larg., 15 cent.

TASSAERT

91 — Renaud dans les jardins d'Armide.

C'est l'instant où Ubald et ses compagnons essayent de faire fuir Renaud de l'île enchantée. Armide, aidée de ses femmes, sort des ondes et cherche à le retenir; de grands arbres ombragent les gazons fleuris et les eaux transparentes du ruisseau; à gauche, le sentier fuit vers les montagnes qui ferment l'horizon.

Daté 1854.

Haut., 60 cent.; larg., 70 cent.

TROYON

92 — Le Matin.

Le soleil vient de se lever et commence à percer le brouillard qui enveloppe encore toute la vallée; un fermier monté sur son âne et un paysan à cheval suivent un chemin rempli d'ornières qui les amène du fond de la vallée sur le plateau. La route est bordée sur la droite par une barrière servant d'enclos à une habitation.

Tableau provenant de la vente après décès de l'artiste.

Haut., 71 cent.; larg., 91 cent.

TROYON

93 — *Bœufs dans un pâturage.*

Étude provenant de la vente après décès de l'artiste.

Haut., 72 cent.; larg., 91 cent.

VAN MARCKE

94 — *Vaches à l'abreuvoir.*

Trois vaches de différentes couleurs et un veau se sont écartés du troupeau pour venir boire à une mare; une quatrième, debout dans l'herbage, se tourne du côté de la plaine et mugit. A gauche, un rideau de grands arbres se détache sur un ciel chargé de nuages.

Gravé par Ramus.

Haut., 60 cent.; larg., 82 cent.

VEYRASSAT

95 — *La Moisson.*

Sur la droite, trois paysans, montés sur une meule de
paille, chargent une charrette attelée de trois gros chevaux
de trait. Sur la gauche, une autre charrette, attelée de deux
chevaux, attend son tour. La campagne au loin, semée de
travailleurs, est pleine du soleil de midi.

Haut., 42 cent.; larg., 60 cent.

VEYRASSAT

96 — *L'Abreuvoir.*

Le chemin qui conduit à la rivière est bordé par un
talus élevé, surmonté d'arbres. Deux chevaux, dont l'un est
monté par un valet de ferme, entrent dans l'eau; d'autres
se baignent ou reprennent le chemin du village.

Haut., 43 cent.; larg., 65 cent.

VEYRASSAT

97 — *Laveuses près Samois.*

Deux laveuses sont agenouillées sur le bord de la rivière. Derrière elles un âne, et dans le fond, les maisons du village.

Haut., 25 cent.; larg., 32 cent.

VOLLON

98 — *Nature morte.*

Sur une table recouverte d'une étoffe blanche légère, sont posés : un broc, une buire, un bouquet de violettes et un éventail. Sur la droite, un morceau de tapis bleu foncé, sur lequel ressortent une potiche en porcelaine de Chine montée sur un pied, ainsi que quelques bijoux.

Gravé par Milius.

Haut., 1,25 cent.; larg., 90 cent.

VOLLON

99 — *Desserte.*

Sur une nappe sont posés : une soupière en faïence
blanche à décors bleus, un vase en argent contenant des
fraises, et une carafe.

Haut., 20 cent.; larg , 25 cent.

VOLLON

100 — *Vase de Fleurs.*

Il est posé sur une table recouverte d'un tapis rouge;
près du vase se trouvent un livre et des bijoux.

Haut., 69 cent.; larg., 58 cent.

VOLLON

101 — *Le départ du Braconnier.*

Il a fini son repas le fusil en bandoulière, il détache
son chien et s'apprête à quitter sa demeure.

Haut., 70 cent.; larg., 52 cent.

VOLLON

102 — *Un panier de Violettes.*

Un panier plein de violettes, d'œillets et de giroflées, est posé sur une table, près d'une buire en métal.

Haut., 53 cent.; larg., 64 cent.

VOLLON

103 — *Le Cellier.*

Près d'un tonneau sur lequel se trouve un broc en verre, l'artiste a groupé : un plat, une bouilloire, un chaudron en cuivres de couleurs différentes.

Cette petite nature morte peut passer pour une des meilleures du peintre.

Haut., 26 cent.; larg., 33 cent.

VOLLON

104 — *Nature morte.*

Des raisins, une soupière, une buire et un flacon entouré d'osier sont posés sur une table.

Haut., 72 cent.; larg., 56 cent.

VOLLON

105 — *Nature morte.*

Une buire en métal, un vase en faïence bleue, un plat contenant des fruits, une mandoline et un cahier de musique.

Haut., 40 cent.; larg., 30 cent.

VOLLON

106 — *Nature morte.*

Un sucrier en faïence blanche à décors verts, une assiette contenant des oranges, un verre en cristal et un vase en verre fumé.

Haut., 21 cent.; larg., 32 cent.

VUILLEFROY

107 — *Environs de Cernay.*

Un troupeau de vaches est en train de paître au milieu d'un grand herbage, coupé sur la droite par un ruisseau bordé de saules.

Haut., 53 cent.; larg., 83 cent.

VUILLEFROY

108 — *La récolte des Foins.*

Le ciel chargé de nuages annonce un orage prochain.

Haut., 89 cent.; larg., 1 m.

VUILLEFROY

109 — *Bœufs au labour.*

Haut., 58 m.; larg., 88 cent.

ZIEM

110 — *Nature morte, Grenades.*

Haut., 27 cent.; larg., 46 cent.